1910-Mars-10

(N° 201)

Vente du Jeudi 10 Mars 1910

HOTEL DROUOT — SALLE N° 7

COLLECTION DE M. L***

N° 105 du Catalogue.

ESTAMPES MODERNES

Me ANDRÉ DESVOUGES

M. LOYS DELTEIL

N° [illegible] du Catalogue

CATALOGUE

DES

ESTAMPES

MODERNES

ŒUVRES

DE

BRACQUEMOND, MARY CASSATT, CHAHINE,
H. DAUMIER, EUG. DELACROIX, A. DEVÉRIA, G. DORÉ,
GAILLARD, S. HADEN, ALPH. LEGROS,
A. LEPÈRE, ED. MANET, J. F. MILLET, RAFFET,
TH. ROUSSEAU, CH. WALTNER, J. M. N. WHISTLER.
etc.

Composant la Collection de M. L***

Dont la vente aura lieu

à Paris, HOTEL DROUOT, Salle N° 7

Le Jeudi 10 Mars 1910

à 2 heures précises

Par le Ministère de Mᵉ ANDRÉ DESVOUGES

COMMISSAIRE-PRISEUR

26, Rue de la Grange-Batelière

Assisté de M. LOYS DELTEIL, Artiste-Graveur, Expert

2, Rue des Beaux-Arts

CONDITIONS DE LA VENTE

Elle sera faite au comptant.

Les adjudicataires paieront *dix pour cent* en sus des enchères.

M. Loys Delteil remplira les commissions que voudront bien lui confier les amateurs ne pouvant y assister.

MM. les amateurs pourront visiter la collection, 2, *rue des Beaux-Arts*, du Vendredi 4 Mars au Mercredi 9, de 2 heures à 5 heures, (le Dimanche excepté).

Le Peintre-Graveur Illustré

(XIXe & XXe SIÈCLES)

par LOYS DELTEIL

OUVRAGE HONORÉ D'UNE SOUSCRIPTION DU MINISTÈRE DE L'INSTRUCTION PUBLIQUE ET DES BEAUX-ARTS

EN SOUSCRIPTION : **POUR PARAITRE LE 28 FÉVRIER 1910**

TOME V consacré à COROT

contenant la biographie du maître
le Catalogue raisonné de son œuvre gravé et lithographié
de ses
AUTOGRAPHIES & CLICHÉS-VERRES

1 volume in-4° d'environ 125 pages, orné d'un portrait de Corot, de 101 fac-simile et d'*une eau-forte originale* de Corot : LE DÔME FLORENTIN.

50 Exemplaires de luxe, avec l'eau-forte originale . . . . . **50** francs
350 Exemplaires ordinaires, avec l'eau-forte avec la lettre . . **20** —
100 — — sans l'eau-forte . . . . **15** —

A partir du 2 mars prochain, le prix en sera porté, pour les exemplaires de luxe à **70** fr., et les exemplaires ordinaires à **25** fr. et à **20** fr.

EN PRÉPARATION : **POUR PARAITRE EN AVRIL 1910**

TOME VI consacré à
RUDE, BARYE, CARPEAUX, RODIN

LE PRIX DE SOUSCRIPTION AU TOME VI SERA PROCHAINEMENT FIXÉ

EN PRÉPARATION :

TOME VII consacré à
HENRI DE TOULOUSE-LAUTREC

BULLETIN DE SOUSCRIPTION

(A renvoyer à M. LOYS DELTEIL, 2, rue des Beaux-Arts)

Je, soussigné, déclare souscrire à .... exemplaire du Tome Ve du PEINTRE-GRAVEUR ILLUSTRÉ, au prix .... francs l'exemplaire.

Signature et Adresse

DÉSIGNATION

ADELINE (Jules)

1. Le Vieux Rouen, 1896. Eventail. Lith^ie^. Très belle épreuve sur japon.

AFFICHES

2. Affiches pour le Harper's, The Century, Salon des Cent, Exposition Internationale de Bruxelles, Réductions d'affiches, etc., 90 pièces.

AUDOUIN (Pierre) — LIGNON (F.)?

3. Louis XVIII, en manteau royal, d'apr. Gros. Très belle épreuve, *avant la lettre* — Charles X. Très rare épreuve, non terminée. Deux pièces.

BARYE (A. L.)

4. Ours du Mississipi. Très belle épreuve sur chine.

BASTIEN LEPAGE (J.) — CONSTANT (Benj.)

5. Faucheur aiguisant sa faux (H. B. 2) — Portrait de Mme X. Deux pièces. Très belles épreuves d'essai, une *avec croquis en marge*.

BODMER (K.) et MILLET (J. F.)

6. En Forêt ou Haute Futaie (L. D. 24). Belle épreuve. Très rare.

BODMER et MOUILLERON

7. Un Coin de jardin — Le Bourgmestre Six, dans l'atelier de Rembrandt, d'apr. Leys. Deux pièces. Très belles épreuves sur chine.

BOILVIN (Emile)

8. La Baigneuse. Deux très belles épreuves d'état différent, sur japon, *signées*.

BRACQUEMOND (F.)

9. Le Corbeau (H. B. 115). Superbe et rare épreuve *avec* l'adresse de Pierron.

10. La Seine au Bas-Meudon (187). Superbe épreuve du 1er état.

11. La Scierie du Bas-Meudon (188). Superbe épreuve du 1er état.

12. Les Saules des Mottiaux (190). Superbe épreuve du 1er état.

13. Ebats de canards (221). Superbe épreuve sur japon' *signée*.

14. La Nuée d'orage (219). Superbe épreuve du 1er état, sur japon.

15. Gorge dans les rochers, d'apr. Jules Laurens (246), Superbe épreuve du 1er état, tirée sur *papier ancien*.

16. Le Lièvre, d'apr. A. de Balleroy (277). Superbe épreuve d'essai.

17. Canards surpris (778). Superbe épreuve d'essai.

18. Sadi Carnot. Deux très belles épreuves *d'état*.

19. Faisans, 1899. Très belle épreuve du 1er état, *signée*.

20. Frontispice de la Société des aqua-fortistes, 1865 — Titre des Cent chefs-d'œuvre — Thle Gautier — Le Retour au logis — La Pépie. Cinq pièces. Belles épreuves.

N° 13 du Catalogue

BRESDIN (R.)

21. Repos en Egypte. Très belle épreuve sur chine.

22. Maison du Moyen-Age — Frontispice pour la Revue Fantaisiste, 1861. Deux pièces. Très belles épreuves.

BUHOT (F.)

23. Le Peintre de marines (G. B. 146) — Les Voisins de campagne (148). Deux pièces. Très belles épreuves, *timbrées*.

24. Les Gardiens du logis (76) — Les petites chaumières (149) — Le petit Enterrement (154). Trois pièces. Très belles épreuves (2 timbrées).

BURNEY (Eugène)

25. La belle Chocolatière, d'apr. Liotard (H. B. 6). Très belle épreuve d'essai.

CAMERON (D. Y.)

26. La grande Rivière (avec 3 vaches), 1890. Très belle épreuve, *signée*.

CASSATT (Mary)

27. Joueuse de benjo et enfant. Superbe épreuve sur papier verdâtre.

28. Femme et enfant. Très belle épreuve sur japon, *signée*.

29. Femme et enfant (le reflet dans la glace). Très belle épreuve sur japon, *signée*.

30. Jeune Fille se coiffant. Très belle épreuve.

CHAHINE (Edgar)

31. Au Chateau-Rouge. Très belle épreuve, *signée* et *numérotée*.

N° 27 du Catalogue

32. Au Café. Très belle épreuve, *signée* et *numérotée*.

33. Louise France. Superbe épreuve, *signée*.

34. Campement de chiffonniers. Très belle épreuve, *signée* et *numérotée*.

35. Midinette — Les Lutteurs, une prise. Deux pièces. Très belle épreuve, une *imp. en couleurs, signée* et *numérotée*.

36. Un Coin de rue dans le quartier des Grandes Carrières. Très belle épreuve, *signée* et *numérotée* — Déménagement de chiffonniers. Deux pièces.

CHAMPOLLION (E.)

37. Le Choix du Modèle, d'apr. Fortuny. Très belle épreuve, *avant la lettre, avec dédicace*.

CHAPLIN (d'après Ch.)

38. Les Bulles de savon — Les Premières roses. Trois pièces par Em. Vernier, C. Nanteuil et L. Margelidon. Très belles épreuves, la 1re avec un autographe de Chaplin.

COROT (J. B. C.)

39. Environs de Rome (6). Très belle épreuve sur japon, tirée sans lettre.

40. Campagne boisée (8). Très belle épreuve du 2e état, *bon à tirer*.

COSWAY (Maria)

41. Sir Sidney Smith, d'apr. Hennequin, 1797. Très belle épreuve.

COURBET (Gustave)

42. L'Apotre Jean Journet partant pour la conquête de l'harmonie universelle. Très belle épreuve, *avec* la complainte.

COURTRY (Ch.)

43. Le Marché d'esclaves, d'apr. Gérôme (8) — L'Almée, d'apr. le même (9) — Hélène Forman, d'apr. Rubens, 1er état (59). Trois pièces. Très belles épreuves *avant la lettre*, la 1re *avec dédicace*.

COUVERTURES

44. Couvertures, titres et frontispices, 33 pl. par Th. Fragonard, Pigal, Monnier, Gaujean, Grasset, etc., en partie *tirées en couleurs*.

45. Couvertures, titres et frontispices, 52 pl. pour la *Peau de Chagrin*, *M. de Boisdhyver*, *Contes du Temps passé*, etc.

46. Titres, couvertures et frontispices, 116 pl. par C, Vernet, V. Adam, E. de Beaumont, Willette, Delaunay, J. Laurens et autres.

47. Couvertures de livres, brochures, cartes, menus, etc., 400 planches.

48. Cartes, couvertures et titres, 265 planches.

49. Couvertures, titres et frontispices, 67 pl. à l'eau-forte par Mlle Niel, L. Gaucherel, Adeline, Martial, Buhot, Staal, etc.

50. Couvertures de romans, revues, plaquettes, cartes d'expositions, etc., parmi lesquelles : *Vignettes pour les œuvres de Chateaubriand*, 1832, *Paul et Virginie*, Curmer, 1836, *Histoire des environs du nouveau Paris*, etc., 69 pièces.

51. Frontispices et titres gravés à l'eau-forte, 50 pl. par Jacque, Chauvel, Jacquemart, Lalanne, Bracquemond, Roybet, etc.

52. Titres et Frontispices, 48 pl. lithographiées par Français, Hubert, Edm. Morin, Gigoux, C. Nanteuil, etc.

53. Titres, frontispices, couvertures, 50 pl. par Charlet, Raffet, Rouargue, V. Beaucé, etc.

54. Couvertures, titres et frontispices, 37 pl. par Raffet, H. Vernet, V. Adam, Le Poittevin, Daumier, etc. Belles épreuves.

55. Couvertures, titres et frontispices, 163 planches.

DANCE (d'après Geo.)

56. J. W. M. Turner, 1800. Très belle épreuve.

DARBOUR (G.)

57. Maquillage — Devant le Moulin-Rouge, 2 pl., *imp. en couleurs*, une *signée*. — Femme à la voilette, lith[ie]. Trois pièces.

58. Jeune Femme dansant la farandole — Jeune Femme de face, assise. Deux pièces. Très belles épreuves, *signées*.

DAUBIGNY (C. F.)

59. Les Vaches au marais (F. H. 76) — Le Marais aux cigognes (77) — L'Ondée (78). Trois pièces. Belles épreuves sur chine, avec le nom de Baillet.

DAUMIER (Honoré)

60. Barrot (Odilon). (Hazard et Loys Delteil 131. Très belle et très rare épreuve du 1er état, *avant la lettre*.

61. Favre (Jules) (73). Très belle et très rare épreuve du 1er état, *avant la lettre*.

62. Monnier (Henry), rôle de Joseph Prud'homme (132). Très belle épreuve sur chine.

63. Pyat (Félix), pl. *inédite* de la Galerie de la Presse. Pièce *non décrite*. Très belle épreuve sur chine. Très rare.

DEBLOIS (C. T.)

64. Le Baiser, d'apr. Carolus-Duran, Très belle épreuve, *non terminée*.

DEBUCOURT (P. L.)

65. Rempailleur de Chaises (Tiercelin, dans le), d'apr. C. Vernet. Très belle épreuve, *coloriée*.

DECAMPS (A. G.)

66. Chasse au faisan (A. M. 22) — Le Chenil (26) — Chasse au furet (30) — Kiosque au bord d'une rivière (34) — Halte d'une caravane (35) — Caricatures (74 et 85). Sept pièces. Très belles épreuves, plusieurs sur chine.

DELACROIX (Eugène)

67. Combat du Giaour et du Pacha (L. D. 55). Très belle et très rare épreuve du 1er état.

DELAROCHE (Paul)

68. L'Eclatant, Etalon du Haras Royal du Pin, d'apr. Eug. Lami, 1823. Très belle épreuve tirée sur teinte. Rare.

DESBOUTIN (M.)

69. Chanteurs des rues (151). Superbe épreuve sur japon.

70. Cadart (A.) (78) — Jacquemart (J.) (92) — Soldi (26) — Arm. Silvestre (71) — Richepin — J. Sandeau — E. Feydeau — Mlle Moumou. Huit pièces. Belles épreuves.

DETAILLE (Edouard)

71. Feuille de croquis : muscadins et grenadier de la garde. Très belle épreuve, *signée*. Très rare.

DEVÉRIA (Ach.)

72. Marie-Isabelle, Infante d'Espagne (H. B. 5 *bis*) —

La Reine des Belges (7 *bis*) — Dona Damiana. Trois pièces. Très belles épreuves.

73. Wolf (Ed.) (40) — Bessens (45) — Duret (251) — Henrion de Bussy (85) — Beauvais (C.) (42) — Marie Christine, d'Espagne? Six pièces. Belles épreuves.

74. Costumes et travestissements : Mlles Plessis, Olivier, Mme Paradol — Elisa Mercœur — Espagnole (373). Cinq pièces. Belles épreuves.

75. Bérard (44) — Lablache (26) — Tamburini (37). Trois pièces. Très belles épreuves.

76. Bon Louis (97) — Guy de Gisors (78 et 79) — Abel Rémusat (128) — N. Louis (98) — L. J. Cadier (245). Six pièces. Belles épreuves (4 sur chine).

77. David (Alex.) (63) — David (Jules) (64) — Desmaisons (Eug.) (65) — Fontaney (A.) (73). Quatre pièces. Très belles épreuves sur chine.

78. Motte (Mlle Céleste), 1827 (224) — Mlle Aglaé Lavie du Rausel (Mme Eug. Devéria) (230). Deux pièces. Très belles épreuves, la 1re sur chine.

79. Jacquesson (Ernest et Eugène) (274). Très belle épreuve sur chine.

80. Sujets gracieux, 20 pièces. Très belles épreuves.

DIAZ (N.)

81. Les Fous amoureux — La Veuve — Les Folles amoureuses. Trois pièces. Belles épreuves.

DIVERS

82. Cavalier Louis XIII, par Mme O'Connell — Trompette de Chasseurs à cheval, par Detaille — Femme au cabestan, par U. Butin — Pêcheuse au repos, par P. Billet — Vendangeurs, par Feyer-Perrin — Femme assise, par de Nittis. Six pièces, la plupart en épreuves d'état.

N° 97 du Catalogue

83. Les Lutteurs, par Gilbert, d'apr. Falguière — Frontispices, pour Cadart, par Chifflart et Roybet — Femme à l'éventail, par Goupil — Retour d'une bonne action, par Montbard — O chaos éternel, par Zilcken — Marguerite à l'Eglise, d'apr. Tissot — La Laveuse, par De Witte — Tête de Femme, par de Nittis. Neuf pièces. Belles épreuves.

84. Sujets de femmes nues, 25 pl. d'apr. G. Courbet, Bouguereau, Henner, Cabanel, etc., la plupart *avant la lettre.*

85. Sujets divers et Paysages, 26 pl. par Carolus Duran, Gervex, Guérard, Truchet, Lalauze, Ramus, etc. Belles épreuves.

DORÉ (Gustave)

86. Les Joyeux Ivrognes (H. B. 1). Belle épreuve.

87. Une Mendiante à Londres (9). Très belle épreuve.

88. Misérables sur le Pont de Londres (10). Très belle épreuve.

89. Mendiant juif à Londres (12). Très belle épreuve.

90. La Petite Mendiante (13). Très belle épreuve.

91. Pauvresse à Londres (14). Très belle épreuve.

92. Marchandes de fleurs à Londres (15). Très belle épreuve d'essai, *rehaussée d'encre de chine.*

93. Contrebandiers espagnols, 2e pl. (17). Très belle épreuve.

94. Enfants espagnols (18). Très belle épreuve *d'état.*

95. La Charité (22). Très belle épreuve (légèrement piquée).

96. La Grand'Mère (23). Belle épreuve.

97. Le Néophyte, 1re pl. (26). Très belle épreuve sur chine.

98. Naufrage au port (80) — Le Néophyte, titre de romance, rare (83). Deux pièces. Belles épreuves (la 1re avant la lettre).

DUEZ (Ernest) — JEANNIOT (G.)

99. Un Matelot — Deux études de femme nue, de dos, se coiffant — Le Roi de l'Argent. Trois pièces. Très belles épreuves, *signées*.

DULAC (Ch.)

100. Sœur Marie, tante de l'artiste, debout. Epreuve d'essai, *retouchée*.

EICHENS (Hermann)

101. L'Etoile double, d'apr. Faléro (H. B. 14). Deux très belles épreuves *d'état*.

EX-LIBRIS

102. Ex-libris modernes, 70 pièces, plusieurs en épreuves d'artiste.

FORAIN (J. L.)

103. Rue Laffitte. Très belle épreuve, *timbrée*.

FORTUNY (Mariano)

104. Arabe veillant le corps de son ami (H. B. 1). Très belle épreuve.

105. Kabyle mort (2). Très belle épreuve d'état, sur chine.

106. La Victoire (3). Très belle épreuve d'état.

107. Un Pouilleux (13) — Homme se roulant à terre (27). Deux pièces. Très belles épreuves sur chine.

GAILLARD (C. F.)

108. Œdipe, d'apr. Ingres (24). Très belle et fort rare épreuve du 2e état, avec retouches, de la collection Burty.

109. Tête de cire du Musée de Lille (36). Superbe épreuve *d'état, signée.*

110. Mgr Pie (40). Très belle épreuve du 4e état, *non terminée, signée.*

111. Billard (Mgr) (47). Très belle épreuve *avant la lettre*, sur chine.

GAVARNI

112. *Rustic groups of Figures* (1995-2000 RRR). Suite complète de six pl., dans la couv. de publ., *dédicace de Gavarni à Chandellier*, 1850.

GÉRICAULT (J. L. Th.)

113. Entrance to the Adelphi Warf (31 R). Très belle épreuve.

114. The Flemish farrier (32 R). Très belle épreuve.

115. A French farrier (33 R). Très belle épreuve (courte de marge).

116. The Coal waggon (36 R). Très belle épreuve.

GŒNEUTTE (Norbert)

117. A. Delzant — Femme de trois-quarts, à mi-corps — Femme à la guitare — Portrait. Quatre pièces. Très belles épreuves, deux *signées.*

GONCOURT (J. de)

118. La Lecture, d'après Fragonard (74). Très belle épreuve *avec dédicace d'Edm. de G.*

GUÉRIN (d'après J.)

119. Généraux Français : Ste Suzanne — Le Fevre — Gouvion St Cyr — Lecourbe — Ferino — Regnier — Andreossy — Bernadotte. Huit pièces de forme ovale, par G. Fiesinger, Elisabeth Herhan et B. Roger. Très belles épreuves.

HADEN (F. Seymour)

120. Mytton Hall (R. D. 13), Superbe épreuve sur japon.

121. Egham Lock (15). Très belle épreuve.

122. Early Morning Richmond (21). Superbe épreuve.

123. A Sunset in Ireland (44). Superbe épreuve sur japon.

124. Battersea Reach (45), 1er et 2e états. Deux pièces. Très belles épreuves.

125. Kilgaren Castle (58). Très belle épreuve.

126. The Towing Path (67). Très belle épreuve *avec* la femme.

127. Titre, en-tête et cul-de-lampe des *Etudes à l'eau-forte*. Trois pièces. Belles épreuves.

HÉDOUIN (Edm.)

128. Auber — Ce Nanteuil — Rossigneux — Marius Michel, 2 états — Alf. de Vigny — Vte Delaborde — Saintine. Huit pièces. Belles épreuves.

HENRIQUEL-DUPONT (L. P.)

129. Pce Impérial, d'apr. Dubufe (90) — Mme Feuillet de Conches — Ern. Sellière, *avec dédicace* — La Ville de Métaponte, fleuron (39). Quatre pièces. Très belles épreuves.

HERVIER (Ad.) — HUET (P.)

130. Paysages et Marine. Six pièces. Belles épreuves sur chine.

INGRES (J. D. A.)

131. Odalisque (L. D. 9). Très belle épreuve.

132. Lady Glenbervie (héliogravure) — Mme Granger — B^{nne} d'Herville — Chérubini — Elisabeth Rawdon — Ingres. Six pl. par Bracquemond, Léveillé, L. Noel, etc. Belles épreuves.

ISABEY (Eugène)

133. Souvenir de Bretagne (en largeur) (G. II. 5). Très belle et très rare épreuve du 1er état, *avant* toute lettre, sur chine.

JACQUEMART (Jules)

134. Jacquemart (J.), 1877, fac-simile d'aquarelle — Th. Thoré (374) — Sir R. Wallace (376) - Alb. Jacquemart (391). Quatre pièces. Très belles épreuves.

135. Plantes de serre (L. Gonse 332). Superbe et très rare épreuve du 2e état, avant divers travaux.

JONGKIND (J. B.)

136. Entrée du port de Honfleur (L. D. 10). Très belle épreuve.

KOEPPING (Karl)

137. Causerie après le souper. Très belle épreuve.

LALANNE (M.)

138. A Neuilly (H. B. 7) — Vue prise du Pont St Michel (8) — Bords de la Tamise (56) — Vue prise du Louvre (125), etc. Six pièces. Très belles épreuves, une *avec dédicace.*

139. Un vieux port de la Normandie, marée basse (114). Superbe épreuve d'essai.

N° 123 du Catalogue

LALAUZE (Adolphe)

140. Entrée de Charles-Quint, à Anvers, d'apr. H. Mackart (51). Très belle épreuve du 1er état.

LAMI (Eugène)

141. Les Princes Citoyens. Belle épreuve. Rare.

LAURENCE (d'après Sir Th.)

142. Georges III — François II — Guillaume IV — Le Pape Pie VII — Cardinal Consalvi — Sir W. Grant — Walter Scott. Sept pièces par Innès, Wagstaff, Humprey et Philips. Très belles épreuves.

LAUTREC (H. de Toulouse)

143. Au Moulin Rouge (Germinal). Belle épreuve sur japon, *timbrée.*

144. La Goulue et sa Sœur. Très belle épreuve, *imp. en couleurs, signée* (n° 88).

145. Chap book. Très belle épreuve *avant la lettre, imp. en couleurs, timbrée* — Programme. Deux pièces.

LÉANDRE (Charles)

146. Raoul Pugno. Très belle épreuve sur japon, *signée.*

LEGRAND (Louis)

147. Le Travail et la Paresse (E. R. 32). Très belle épreuve, *signée.*

LEGROS (Alphonse)

148. Legros (Alph.), par lui-même. Très belle épreuve.

149. La petite Marie, fille de l'artiste (30). Très belle épreuve sur japon.

150. La Charrue (81). Très belle épreuve *avant* le nom de l'imprimeur.

151. Val Prinsep (202). Très belle épreuve, *signée*.

LEHEUTRE (Gustave)

152. La Marne à Lagny, 1er état, 1895 — Le Nouveau pont à Lagny. Deux pièces. Très belles épreuves, *signées*.

153. Impasse Gambey, à Troyes. Superbe épreuve, *signée*.

154. Le Port au bois, à Troyes. Superbe état du 1er état, signée et numérotée.

LEMUD (Aimé de)

155. Maître Wolframb — Hélène Adelsfreidt. Deux pièces se faisant pendants. Très belles épreuves sur chine, la 1re *avant toute lettre*, très rare, la 2e *avant le titre*.

156. Son portrait, par Gigoux — Enfance de Callot. Deux pièces. Très belles épreuves.

LEPÈRE (Aug.)

157. Paris, Été (A. L.-B. 82). Superbe épreuve du 1er état, *signée* et *numérotée*.

158. Bords de l'Amstel (117). Très belle et très rare épreuve du 1er état, sur japon, *signée* et *numérotée*.

159. Le Nys, Amsterdam (120). Très belle épreuve, *signée* (no 1).

160. Frontispice de Rouen illustré (166). Très belle épreuve sur japon mince, *signée*.

161. Sortie du Théâtre du Châtelet (180). Très belle épreuve sur japon, *timbrée*.

162. 14 Juillet, Fête du Trocadéro (192). Très belle épreuve sur japon, *signée*,

163. La Tour Eiffel, fête de nuit (193). Très belle épreuve sur japon, *signée*.

164. Le Palais des Beaux-Arts (194). Très belle épreuve sur japon mince, *signée*.

165. L'Etude (196). Très belle épreuve sur japon pelure, *signée*.

166. La Sortie de l'Exposition de 1889 (197). Très belle épreuve sur japon, *signée*.

167. Frontispice pour Paris, l'Exposition de 1889. Superbe épreuve sur japon pelure, *signée*.

168. La Foule aux Pontons. Superbe épreuve sur japon pelure, *signée*. Non décrite.

169. Avenue de Lamotte-Piquet. Belle épreuve, *signée*. Non décrite.

170. Cabane de nègres (Exposition de 1889). Très belle épreuve, *signée*. Non décrite.

171. Coin de village africain. Très belle épreuve, *signée*. Non décrite.

172. Couverture des Coins de Paris (21) — Tombereau des boueux (53) — Colloque Sentimental (107) — Ex-libris Audeoud — Programme — Invitation — Le Point du Jour — L'Archet, report. Huit pièces. Belles épreuves.

LEYS (Henri)

173. Les Archers (10). Superbe épreuve *avant* les biseaux.

174. L'Imprimeur Plantin (19). Très belle épreuve sur japon.

N° 168 du Catalogue

LHERMITTE (Léon)

175. Marchandes de poisson à St Malo (F. Henriet 28). Superbe épreuve d'essai, *avant* le nettoyage du cuivre. — Le Rond-point des Champs-Elysées. Deux pièces.

LITHOGRAPHIES

176. La Paresseuse, par P. N. Guérin — Diane et Endymion, par Hersent — Vues et Paysages, par Eug. Isabey et A. Dauzats — Ils sont les Enfants de la France, par Charlet. Huit pièces. Très belles épreuves.

LUNOIS (Alex.)

177. Un Menuet chez Mme Ménard-Dorian. Très belle épreuve sur japon, *imp. en couleurs, signée.*

178. Avant la Danse. Superbe épreuve, *imp. en couleurs, signée.*

179. Scène espagnole — L'Espagnole remettant sa chaussure. Deux pièces. Très belles épreuves, *imp. en couleurs, signées.*

MANET (Edouard)

180. Lola de Valence (E. Moreau-Nélaton 3). Superbe et fort rare épreuve du 1er état.

181. Le Guitariste (4). Superbe et très rare épreuve, d'un état intermédiaire entre le 1er et le 2e décrits.

182. L'Enfant à l'épée, tourné à gauche (52). Superbe épreuve du 2e état (sur 4).

183. Guerre civile (81). Très belle épreuve sur chine.

184. Le Gamin (86). Très belle épreuve.

185. Polichinelle (87). Très belle épreuve, *imp. en couleurs.*

MARILHAT (Prosper)

186. Place de l'Esbekieh au Caire (H. B. 1). Superbe épreuve *avant la lettre* sur chine.

MARTINET (Achille)

187. Napoléon III à cheval, d'apr. H. Vernet (H. B. 28). Belle épreuve sur chine, *avec dédicace*.

MATHEY (Paul)

188. Ern. Diaz (H. B. 4). Très belle épreuve, *retouchée*.

MAURIN (Charles)

189. Avant le Ballet. Très belle épreuve, *imp. en couleurs, signée* et *numérotée*.

MAURIN (Ch.) — DELATRE (Eug.)

190. Maternité — Baigneuse — Femme nue assise — Femme à l'ombrelle. Quatre pièces, *signées*.

MIGER (S. C.)

191. Bailly, 2 pl. diff. — La Fayette — Quinette — Dubois-Crancé — Hérault de Séchelles — J. F. Delacroix. Huit pièces, d'apr. Boizot, David, Miger, etc. Très belles épreuves (2 à *l'état d'eau-forte*).

MILLET (J. F.)

192. La Couseuse (Loys Delteil 9). Très belle épreuve tirée sur papier ancien.

193. La Baratteuse (10). Très belle épreuve du 2e état, *avant* l'adresse de Delâtre, sur chine.

194. Le Paysan rentrant du fumier (11). Belle épreuve du 2e état, sur chine.

195. Le Départ pour le travail (19). Superbe épreuve du 2e état, *avant les adresses.*

196. La Fileuse auvergnate (20). Superbe et fort rare épreuve du 1er état.

197. La Grande Bergère assise (33). Très belle épreuve.

MONGIN (Aug.)

198. Orchardson (Mme), d'apr. Orchardson (H. B. 58) — Orchardson (59) — A. Dumas fils, d'apr. Meissonier (72). Trois pièces, *signées.*

MONNIER, LAMI, SCHEFFER, etc.

199. Quartiers de Paris — Tableaux de Paris — Scènes de Mœurs, 13 pl. Belles épreuves.

MORIN (Edmond)

200. Une Averse sur le Boulevard (H. B. 21-22-23) — Pays quand même (24-25) — Jeune Dame au bas d'un escalier (26) — Cours de Mme L. Bertaux (32) — Grands Magasins du Louvre (34), etc. Ensemble dix-huit pièces. Très belles épreuves, plusieurs très rares.

201. Fumés, d'illustrations d'Edm. Morin (la Place St Georges), 12 pl. sur chine.

NANTEUIL (Célestin)

202. Souvenirs — Regrets. Deux pièces se faisant pendants. Très belles épreuves, *avant la lettre*, sur chine.

NAPOLÉON Ier (Estampes relatives à)

203. *L'Olivier de la Paix...*, par Villeneuve, 1800 — Joséphine, par Porreau et Ethiou — La Reine Hortense. d'apr. Gérard — Napoléon, par Tri-

Nº 180 du Catalogue

molet — Napoléon, par Vallot, d'apr. David (non terminé) — Bonaparte, par Lingée et Godefroy (tirage postérieur). Sept pièces. Belles épreuves.

OPIE (d'après J.)

204. Wm Shield, par R. Dunkarton, 1788. Très belle épreuve, *coloriée*.

ORLÉANS (Ferdinand Duc d')

205. Chien courant. Très belle épreuve sur chine.

PAILLARD (H.)

206. Le Pont de l'Estacade, à Paris — Bruxelles, la Grand'place. Deux pièces. Très belles épreuves, *signées* et *numérotées*.

207. Bors de la Seine, à Paris. Trois pièces. Belles épreuves, *imp. en couleurs*, *signées*.

PIGUET (Rodolphe)

208. Jeune Femme assise, accoudée. Très belle épreuve, *imp. en couleurs*, *signée*.

PORTRAITS

209. Famille Royale de France : Mlle Royale — Mme Elisabeth — Cte de Provence — Angoulême (Dsse d'), par Lignon — Charles X, par Garnier — Dsse de Berri, 10 pl. Belles épreuves.

209 *bis*. Louis XVII, jolie petite pièce anonyme. Très belle épreuve.

210. Famille d'Orléans, 16 pl. par Mme Girard, C. Heath, Hopwood, Hédouin, etc., la plupart *avant la lettre*.

210 *bis*. Famille Impériale (Napoléon III), 5 pl. par Pauquet, Danguin, Los Rios, etc., en partie *avant la lettre*.

211. Période de la Révolution : Isabeau — A. Lenoir — L. M. de Noailles — Ch. de Lameth — L. A. de La Rochefoucauld — Thouret — de Virieu, etc., 9 pl., par Fiesinger, Vérité, Beauvallet, etc. Très belles épreuves.

212. Moreau (Gal), par A. Freschi et A. Cardon — Pichegru (Gal), par Cook — Rusca (Gal J. B.), par W. (Wicar?) — Lord Nelson — Custine — Dumouriez. Sept pièces. Très belles épreuves (2 *avant t. l.*).

213. Peintres et Graveurs : Raffet — Charlet — Ingres — Gigoux — Rajon — D. Vierge — Daumier — Grandville, etc., 19 pièces. Très belles épreuves.

214. Femmes : Mme Hogguer — Mme B. Hadot — Lady Morgan — Mme de Nettancourt — Mme Sergent — Mme de Staël — Mme de Girardin — Mme Anaïs Ségalas — Georges Sand, etc., 15 pl. par Marcus, Mécou, Larcher, Gigoux, etc., plusieurs *avant la lettre*. Très belles épreuves.

215. Femmes : Mme Talma, par Mécou, d'apr. Isabey — Mme Catalini, par L. Schiavonetti, d'apr. Comerford.

216. Femmes : Mme Curmer — Mme Guizot — Mme A. Bida — Mme Regnault de St Angély — Mme E. Foa — Marie Pleyel — Thérésa Milanollo — Mlle J. B. Say — Mlle de Savignac, etc., 20 pl. par Alophe, Devéria, Bida, L. Noël et autres. Très belles épreuves.

217. Volnys (Mme) — Arnal — Hetzel — Mme Lenormant — Mme Garnerin — Mme Blanchard — J. Janin — Bon d'Ailly — Bon de Janzé — B. Disraëli — R. et A. Chéri — Judic, 18 pl. par Alophe, Porreau, Chenay, Aug. Bouquet, Robinson, etc., plusieurs *avant la lettre*.

218. Mme Guizot mère — Beranger — Sarah Temple — Daniel Stern — Talleyrand, etc., 11 pl. par Girard, Hodgetts, Lalauze, etc., plusieurs *avant la lettre.*

219. Acteurs et Actrices : Eissler (Fanny) — Grisi — Odry — Frederick Lemaître — Joly — Henry Monnier — Ballande — Sarah Bernhardt — Tombeau de E. Joly, etc. Vingt-et-une pièces par C. Vernet, Charlet, H. Monnier et autres. Belles épreuves.

220. Actrices ; Mlles Mars, Duchesnois, Mmes Dorval, Pasca, Marie Laurent, Fanny Eissler, etc., 43 pl. Très belles épreuves, un certain nombre *avant la lettre.*

221. Actrices : Rachel — Mme Pasta — Mlle Sortag Mlle Prevost — Mlle Plessy — Mme Damoreau Cinti — Sarah Bernhardt — Judic — Mlle Croizette — Madeleine Brohan, etc., 30 pl. par Benoist, R. de Los Rios, Abot, L. Dupré, W. Sharp, etc. Très belles épreuves, plusieurs *avant la lettre.*

222. Actrices : Rachel — Judic — Mlle Mauri — Mme Ristori — Jeanne Granier — Mme Malibran. etc., 18 pl., plusieurs *avant la lettre.*

223. Lisette (de Béranger) — Emilie Vilcoq — Mme Joubert — Mme Masse — Mme Motha — G. Garnier — Mme de Montgommerie — Mlle Taglioni — Murger — Blanche d'Antigny, etc., 14 pl. par Massard, A. Lamotte, Milius, etc., plusieurs *avant la lettre.*

224. La Fayette — Mme L. Veuillot — Ducis — Julie Krudner — Mme Louise Collet — La Reine Victoria, etc., 23 pl. en partie *avant la lettre.*

225. Kray (von), par Rahl, 1800 — Mich. v. Melas, par D. Weiss — Wurmser, par Schleich. Trois pièces. Très belles épreuves.

226. Lacordaire (Le P.) — Deguerry (abbé) — Chateaubriand sur son lit de mort — Lamartine — George Sand — Sue (Eug.) — Thiers — Dupin aîné — Ghys, etc., 10 pl. par Dien, H. Daumier, J. Boilly, L. Bonnet, etc., plusieurs *avant la lettre.*

227. Victor-Hugo, par Daumier, A. Gilbert, André Gill, L. Noël, et B. Roubaud. Belles épreuves, une *d'état.*

POTÉMONT (Martial)

228. La Merveilleuse, d'apr. J. Goupil (H. B. 28). Belle épreuve.

PRUDHON (d'après P. P.)

229. *Oh! les jolis petits chiens — Mange, mon petit, mange.* Deux pièces par B. Roger, se faisant pendants. Très belles épreuves *avant la lettre*, avec dédicace : *don d'amitié à Bovinet B. R.*

230. La Justice et la Vengeance divine poursuivant le crime, par Gelée — Les Vendanges, par Aubry-Lecomte.

231. Pâris et Hélène réconciliés par Vénus — Mme Antony et ses Enfants. Deux pièces par Soulange-Tessier et Sirouy. Très belles épreuves (la 2e *avec remarque, signée*).

RAFFET (Aug.)

232. Voyage dans la Russie méridionale et la Crimée, pl. 1 à 3, 9, 17, 19, 20, 22, 25, 31, 36, 38, 44, 51, 52, 55, 56, 69 à 72, 75, 77, 82 à 89 et 94, soit trente-trois pièces. Très belles épreuves sur chine.

On y a joint les pl. 12 et 36 du Siège de Rome.

RAJON (P.)

233. Marchande de Fleurs sur l'escalier du Capitole,

d'apr. Alma Tadema (73), épr. *d'état* — Un Gardien de la Tour de Londres, d'apr. Millais (78). Deux pièces. Très belles épreuves.

234. Meissonier, d'apr. lui-même (125). Très belle épreuve d'état, *retouchée*.

235. Tourgueneff (129) — Vuillemot (130) — Barbey d'Aurévilly (134) — Leconte de l'Isle (141) — H. W. Beecher (178). Cinq pièces. Belles épreuves.

RANFT (R.)

236. L'Hiver — Bal public. Deux pièces. Très belles épreuves, *imp. en couleurs, signées*.

RÉVOLUTION

237. La Liberté... La Loi, par Blanchard — Départ du Paon — La Vertu récompensée (Necker) — Constitution (à l'état d'eau-forte) — Louis XVI coiffé du bonnet rouge, par Duplessi-Bertaux, etc., 7 pl. Très belles épreuves.

RIBOT (Th.)

238. Une Grande douleur. *Bon à tirer*.

ROBBE (Manuel)

239. Femme à l'éventail — Marchande en plein vent. Deux pièces. Très belles épreuves, *imp. en couleurs, signées* et *numérotées*.

RŒDEL, DILLON, MALBESTE, etc.

240. La Quittance de loyer — Mardi gras — Modèle. Six pièces *signées* ou *timbrées*.

ROUSSEAU (Théodore)

241. Chênes de roche (Loys Delteil 4). Très belle et très rare épreuve du 1er état, tirée sur papier ancien.

242. Le Cerisier de la Plante à Biau (5). Très belle épreuve.

243. La Plaine de la Plante à Biau (6). Très belle épreuve.

SAINT-EVRE (Gillot)

244. Louis XI (Scène de Quentin Durward), 1828 (H. B. 1). Très belle épreuve.

STEINLEN (Th. A.)

245. Le Meeting. Très belle épreuve, *signée*.

246. Les trois Blanchisseuses (ou le Retour du lavoir). Très belle épreuve, *imp. en couleurs*, *signée*.

247. L'Attentat du Pas-de-Calais, épr. *numérotée* Titres de chansons, hors-texte du *Gil Blas*, etc. Ensemble 16 pièces.

SAFFREY (H.) — TRIMOLET (Alph.)

248. L'Hôtel-de-Ville incendié (H. B. 7) — Le Marché aux chevaux (H. B. 7) — Intérieur de bain froid (8). Trois pièces. Très belles épreuves, la 1re *d'état*.

TISSOT (J. J.)

249. Le Veuf (H. B. 21) — La Sœur aînée (44) — Le Foyer de la Comédie Française pendant le Siège de Paris (20). Trois pièces. Très belles épreuves, *signées* et *timbrées*.

VEBER (Jean)

250. Les Lutteuses, épreuve *imp. en couleurs, signée* et *numérotée.*

VIERGE (Daniel)

251. Fumeuse de cigarette. Très belle épreuve, *timbrée.*

VIGNETTES

252. Vignettes, pour les œuvres de Molière, etc., 24 pl.

WALTNER (Ch. Alb.)

253. Rembrandt, d'après lui-même (112). Superbe épreuve d'état, *signée.*

254. Mrs Fitzherbert, d'apr. Romney (8). Très belle épreuve du 1er état, *signée* — Duquesnoy (F.), d'apr. A van Dyck — P[ce] de Galles. Trois pièces.

WATSON (Charles)

255. Chelsea, 1879. Très belle épreuve.

WHISTLER (J. M. N.)

256. La Forge (W. 63). Très belle épreuve.

257. Femme au boa, assise sur un canapé. Lithographie. Très belle épreuve sur chine.

258. Gants de Suède. Belle épreuve.

WILLETTE (Adolphe)

259. Adresses, cartes d'invitation, prospectus, titres de romance, etc., 55 pièces.

Imp. Frazier-Soye, 153-157, rue Montmartre, Paris.

RED. :

20

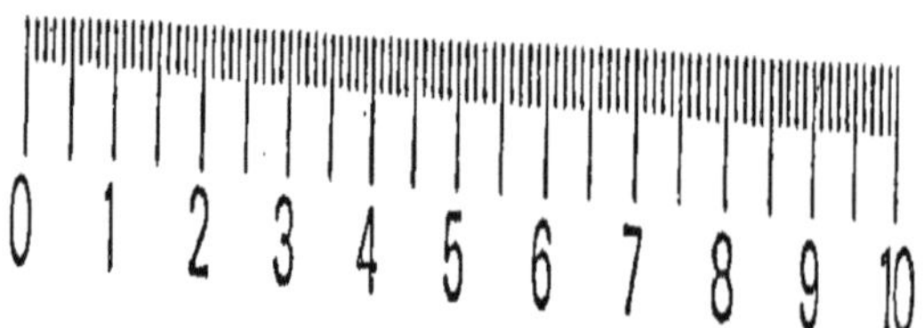
0 1 2 3 4 5 6 7 8 9 10

www.ingramcontent.com/pod-product-compliance
Ingram Content Group UK Ltd.
Pitfield, Milton Keynes, MK11 3LW, UK
UKHW021040180726
13838UKWH00004B/1908

9 782329 320212